Benvinguts al món de les TeaSisters

Tea

Hola, amics! Sóc Tea Stilton, la germana de Geronimo Stilton! Sóc l'enviada especial de *L'Eco del Rosegador*, el diari més famós de l'Illa dels Ratolins. M'encanta viatjar i m'agrada conèixer gent de tot el món, com les Tea Sisters, cinc amigues d'allò més especials! Ara us les presento!

Paulina

Altruista i alegre, li encanta viatjar i conèixer gent de tot el món. Té moltíssim talent per a la tecnologia i els ordinadors.

Pamela

És una hàbil mecànica: doneu-li un tornavís i us ho arreglarà tot! Es deleix per les pizzes, que menjaria a qualsevol hora, i li agrada cuinar.

Colette

Sent una veritable passió pels vestits i els complements, sobretot de color rosa. De gran li agradaria ser periodista de moda.

Nicky

És australiana i l'apassionen els esports, l'ecologia i la natura. Gaudeix moltíssim vivint a l'aire lliure i no para mai quieta!

Violet

Li agrada molt llegir i conèixer coses noves. Li encanta la música clàssica i somia convertir-se en una gran violinista!

Vols ser una Tea Sister?

....

M'agrada ....
....
....
....
....
....

Textos de Tea Stilton
Direcció artística: Iacopo Bruno
Coberta de Valeria Brambilla (disseny) i Flavio Ferron (color)
Disseny gràfic: Giovanna Ferraris / theWorldofDOT
Il·lustracions de les pàgines inicials i finals de Barbara Pellizzari (disseny) i Flavio Ferron (color)
Mapes de Caterina Giorgetti (disseny) i Flavio Ferron (color)
Il·lustracions interiors de Valeria Brambilla (disseny) i Francesco Castelli (color)
Coordinació artística de Flavio Ferron
Assistència artística de Tommaso Valsecchi
Disseny gràfic de Chiara Cebraro
Idea original d'Elisabetta Dami

Títol original: *Mille foto per una top model*

Estrella Polar, Av. Diagonal, 662-664, 08034 Barcelona
www.estrellapolar.cat
info@estrellapolar.cat
www.geronimostilton.cat

Primera edició: març del 2017

ISBN: 978-84-9137-199-1
Dipòsit legal: B. 195-2017
Imprès a Catalunya

Tea Stilton

Mil fotos per a una top model

Estrella Polar

Una lectura emocionant!

Un bon got de llet fresca, un tall de l'EXQUISIT pastís que Botirona, la cuinera de Ratford, feia cada tarda per als estudiants; un munt de NOTETES adhesives diferents per marcar els articles més interessants i un elegant quadern de color ROSA per apuntar-hi reflexions i temes per aprofundir. A l'ESCRIPTORI de Colette tot estava a punt, com cada segon dijous del mes...

que era el dia en què el CARTER de l'Illa de les Balenes anava a la universitat i li entregava el nou exemplar de la revista de moda RATVOGUE, a la qual estava subscrita des de feia molt temps.

Un cop tenia a les mans les pàgines de paper cuixé d'aquella prestigiosa revista mensual, Colette se n'anava immediatament corrents a la seva habitació per submergir-se al seu regne ideal: un univers fet de teixits PRECIOSOS.

Però allò no era tot: el que per a la majoria dels lectors era un passatemps relaxant, per a una noia com Colette, que somiava convertir-se en una periodista de moda, era una gran ocasió per aprendre.

Aquella tarda de dijous, *Ratvogue* també era ple de reportatges INTERESSANTS.

—Així doncs —va reflexionar en veu alta Colette mentre fullejava la revista—, la primera d'adoptar l'estil mariner que avui dia està tan de moda va ser la dissenyadora francesa **Coco Chanel!**

Llavors la noia va agafar un bolígraf per apuntar-s'ho al quadern, però just en aquell moment li va cridar l'atenció un article de la directora de *Ratvogue*, **Rebeca Rattel**.

COCO CHANEL VA SER UNA DISSENYADORA DE MODA FRANCESA MOLT FAMOSA. EL SEU ESTIL VA REVOLUCIONAR EL MÓN DE LA MODA!

Per a Colette, Rebeca Rattel era un bon exemple d'estil i d'una gran professionalitat, i els seus articles eren sens dubte els seus prefe-

rits. Però l'article d'aquell mes la va deixar **BOCABADADA!**

DE DIRECTORA DE RATVOGUE A PROFESSORA!

Benvolgudes lectores,
Us escric amb la maleta feta perquè aviat em traslladaré a una universitat molt prestigiosa per ensenyar els estudiants a convertir-se en periodistes de moda!

Rebeca Rattel

Colette va llegir l'article moltes vegades buscant una **pista** per esbrinar quina era l'afortunada universitat de la qual parlava Rebeca Rattel, però va ser INÚTIL!

—He de saber si és Ratford!

Quan sortia de l'habitació, Colette es va trobar cara a cara amb Nicky, Pamela, Violet i Paulina.

—**Noies! Us he de dir una cosa!** —els va anunciar, molt emocionada.

—**NOSALTRES TAMBÉ!** —van respondre alhora les seves amigues.

—És que la meva notícia és importantíssima! —els va explicar Colette—. Rebeca Rattel impartirà classes en una universitat: hem d'**esbrinar** si és la nostra!

Nicky, Pamela, Violet i Paulina es van intercanviar un SOMRIURE.

—Doncs nosaltres hem **TROBAT** això al tauler d'anuncis —va dir Nicky, que va donar a Colette el FULL que duia a la mà.

Classes de moda!

La notícia que **Rebeca Rattel** impartiria un curs de periodisme a Ratford es va **ESCAMPAR** de seguida per tota la universitat i va provocar un gran entusiasme.

El primer dia de classe, l'Aula Magna era plena a vessar d'estudiants curiosos.

—Ei, noies, **MIREU!** —va exclamar Colette, estupefacta, quan va entrar a l'aula amb les seves amigues—. Hi ha uns seients lliures a primera fila!

Un **instant** abans que les noies s'hi asseguessin, una veu per darrere d'elles els va dir:

—Em sap greu, però aquests llocs estan reservats.

—Alan? Què hi fas tu, aquí? —va preguntar Paulina, que va reconèixer el MAJORDOM de Vainilla de Vissen, l'estudiant més malcriada de tota la universitat.

El rosegador es va escurar el coll, AVERGONYIT:

—La senyoreta De Vissen i les seves amigues no es volien llevar tan d'hora i he vingut jo per guardar-los els MILLORS LLOCS.

En aquell moment, Vainilla va fer la seva aparició i es va asseure en un dels seients que li havia reservat el seu majordom.

—Quin bon gust, Vainilla! —va comentar Pamela, en veure el vestit *elegant* i la diadema vistosa que la seva companya havia elegit per assistir a la classe de periodisme de moda de la professora Rebeca Rattel.

Vainilla la va mirar amb aires de suficiència:

—El vestit és de l'última col·lecció d'alta costura de *Vanni Ratace*... I la diadema és una creació exclusiva del meu joier de con-

ESTAN RESERVATS!

fiança. Rebeca Rattel comprendrà de seguida qui té més estil aquí!

Les Tea Sisters tot just havien tingut temps de trobar uns ALTRES seients quan la directora de *Ratvogue* va entrar a l'aula, rebuda amb un aplaudiment CALORÓS.

Després de saludar els alumnes, la periodista va entrar tot seguit en matèria.

—Us he preparat un PETIT TEST —va dir Rebeca mentre engegava el projector—. Vull que em doneu la VOSTRA opinió sobre la roba que porta aquesta noia...

A la PANTALLA GEGANT va aparèixer la fotografia d'un grup de nois i noies que feien un pícnic i, en primer pla, hi havia una rosegadora amb un vestit elegant de BLONDES negres i sabates de taló.

Vainilla va moure els braços per demanar la paraula, i quan l'hi van donar, va afirmar, molt segura:

—La roba d'aquesta rosegadora és esplèndida! Porta un VESTIT impecable i a l'última moda!

—No et diré que no —va comentar Rebeca. Després, es va girar cap als altres estudiants i els va demanar:— Tots esteu d'ACORD amb la vostra companya?

Colette va alçar tímidament la mà i, quan li va donar permís per parlar, va dir:

—A mi em sembla que la roba d'aquesta noia

seria *perfecta* per anar a una estrena teatral... però està fora de lloc en un **PÍCNIC!**

Rebeca Rattel va assentir, satisfeta:

—Exacte! I a partir d'aquesta **OBSERVACIÓ**, en podem treure la primera lliçó que un **periodista** de moda ha de tenir sempre present: tenir estil no significa forçosament portar roba d'última moda, sinó vestir de la manera més adequada per a l'ocasió i el context en què ens trobem!

Mentre Vainilla, profundament disgustada per aquelles paraules, es treia la **VISTOSA** diadema aparentant indiferència, una veu alegre va ressonar en l'aula:

—Bon dia, Rebeca! Perdona'm pel retard!

Els estudiants es van tombar cap a la porta de l'Aula Magna i es van quedar bocabadats: la noia que **ENTRAVA** amb passes elegants era Bianca, una de les **TOP MODELS** més famoses del món!

Una top model de debò!

Però què hi feia una **ESTRELLA** de la moda, a la Universitat de Ratford?

Rebeca Rattel es va encarregar de respondre a la **PREGUNTA** que hi havia escrita al rostre dels estudiants.

—M'imagino que molts de vosaltres ja sabeu —els va dir— que Bianca fa sovint de model per als reportatges **FOTOGRÀFICS** de *Ratvogue*, per això vaig pensar convidar-la aquí: us parlarà de la seva experiència i us explicarà com és un plató fotogràfic de **moda** viscut en primera persona.

Tal com estava anunciat, la resta de la classe es va dedicar a escoltar les explicacions de Bianca: la noia va descriure als estudiants el dia a dia d'una model i els va revelar els pros i els contres de la seva feina. Encara que tenia la mateixa edat que ells, la vida de Bianca era completament DIFERENT de la dels estudiants de Ratford, sempre voltant pel món i sota la llum dels focus, i les històries que va explicar van despertar la curiositat de tots.

Aquell VESPRE, mentre sopava amb les Tea Sisters i els seus amics al menjador de la universitat, Colette continuava pensant en Bianca.

—Qui sap com es va FICAR en aquesta professió... —va dir, pensant en veu alta.

—Qui sap si sempre ha de fer DIETA! —va afegir Pamela, clavant queixalada a un tall suculent de pizza de quatre formatges encara calent.

—I qui sap si tindrem l'ocasió de **conèixer-la** més bé —va observar Violet.

—Ho dubto —va respondre Tanja—. Bianca està acostumada a anar a hotels de *super-luxe* i a restaurants *refinadíssims*; a Ratford només s'hi passarà el temps just per fer les classes!

—*Em sembla que t'equivoques*... —va dir Paulina, assenyalant la porta del menjador, per on entrava precisament **Bianca!**
Els amics la van seguir amb la mirada mentre es posava a la cua com una estudiant **QUALSEVOL**. Poc després, van veure que s'**ACOSTAVA** a la seva taula.

—Hola! —els va saludar la model, SOMRIENT—. Que puc seure amb vosaltres?

—TU... DAIXÒ... POTS... EHEM... NOSALTRES... —va balbucejar Craig, que es va posar vermell com un tomàquet.

—Em penso que Craig prova de dir-te que estarem encantats que seguis a la nostra taula! —va dir Colette.

Bianca va seure al costat de Colette i va començar a menjar amb gana.

Després d'haver fet petar la xerrada amb ella, tothom va tenir clar que Bianca no solament era una noia guapíssima, sinó també simpàtica, intel·ligent, sociable i sobretot...

SENZILLA!

—Quan Rebeca em va demanar que l'ajudés a les classes li vaig dir que sí de seguida —va dir la **model** als seus nous amics—. Em feia il·lusió passar una temporada en una **UNIVERSITAT** com aquesta!

Bianca els va explicar que havia deixat l'**INSTITUT** perquè sempre estava de gira arreu del món, però no per això havia renunciat a estudiar.

—Tinc un **PROFESSOR PARTICULAR** boníssim —els va dir Bianca, mentre tots l'escoltaven amb interès—, que m'acompanya durant els viatges, i aviat obtindré el meu diploma. Quan ja no faci de model em podré dedicar a la meva gran passió: la **FOTOGRAFIA DE MODA!**

—Doncs nosaltres ens pensàvem que t'avorriries només de pensar a estar-te aquí... —va dir Elly.

—**Avorrir-me?!** —va exclamar Bianca—. Però si em diverteixo una barbaritat! Us ve de gust que fem alguna cosa junts havent sopat?

Els estudiants que seien al voltant de la taula es van mirar, una mica **DESCOL·LOCATS**. Nicky va parlar per tots:

—Nosaltres estarem encantats, però no pensàvem fer res d'especial: mirar una pel·lícula menjant crispetes... potser ho trobaràs un pèl **AVORRIT**...

—De cap manera! —va dir Bianca—. Serà d'allò més relaxant passar la vetllada mirant una pel·lícula amb uns amics! Ho trobo genial!

I mentre agafava un altre mos d'amanida amb la FORQUILLA, es va tornar a dirigir a Nicky:

—Quina mena de pel·lícula teníeu pensada? Una comèdia o una d'ACCIÓ?

A LA RECERCA D'UNA GRAN IDEA...

Els estudiants de Ratford ja sabien que **Rebeca Rattel** era una periodista excepcional, però durant el seu **curs de periodisme de moda** es van adonar que també era una bona professora.

Amb l'ajuda de Bianca, Rebeca va il·lustrar els seus alumnes amb la història d'algunes peces de ROBA d'ús habitual, i després els va ensenyar les fases de preparació d'un **reportatge de moda**.

Els va explicar que un reportatge es compon d'un seguit de FOTOGRAFIES sobre un tema concret, que poden anar acompanyades d'un article o d'unes frases explicatives breus.

Els estudiants de Ratford estaven entusiasmats amb aquelles classes, i Rebeca Rattel també tenia una impressió favorable de l'interès que demostraven els joves.

Per això, quan ja s'acostava l'última classe, la periodista volia preparar als seus alumnes una prova final d'allò més ESPECIAL... però encara no havia trobat cap gran idea.

Una tarda, després de la classe, Rebeca va comentar la seva pensada a Bianca, que li va suggerir:

—Els pots demanar que escriguin un article sobre les últimes tendències de la moda...

Rebeca va MIRAR la model, pensativa, i va dir:

—Sí, no és mala idea, però d'aquesta manera tots escriuran sobre el mateix tema, i seria una llàstima, perquè són molt creatius i tenen molt de talent...

RIIING! RIIING! RIIING!

—Perdona un moment, Bianca —va dir Rebeca, contestant al mòbil—. Digui? Sí, hola. És clar, digues... Què dius?!

Bianca va comprendre de seguida que Rebeca, la directora de *Ratvogue*, havia rebut una mala notícia, perquè la periodista tenia una expressió PREOCUPADA!

QUÈ DIUS?!

Quan va penjar, Rebeca va exclamar:

—Quina mala sort! M'acaben de comunicar de la redacció de **RATVOGUE** que ens ha fallat el reportatge fotogràfic més important del pròxim número! El fotògraf que se n'havia d'encarregar s'ha posat MALALT i no han trobat ningú per substituir-lo!

Bianca va fer uns ulls com unes taronges:

—I ara què faràs?

—NO HO SÉ —va dir Rebeca, brandant el cap—. El que passa és que tenim sis PÀGINES buides per omplir!

—I és evident que no pots confiar el reportatge fotogràfic a qualsevol —va observar Bianca—. Ha de ser una persona CREATIVA i amb molt de talent...

Bianca va callar de cop, perquè Rebeca es va

tombar per **MIRAR-LA** amb un gran somriure.

—Amiga meva —va dir la directora—, acabem de trobar una **GRAN IDEA** per a la prova final!

UNA GRAN OCASIÓ!

—**No m'ho puc creure, no m'ho puc creure, no m'ho puc creure!** —va exclamar Colette molt contenta quan sortia de l'Aula Magna amb les seves amigues—. És una idea fabulosa!

Aquell dia, **Rebeca Rattel** havia anunciat als estudiants en què consistiria la prova final: haurien de fer un *reportatge fotogràfic* de moda i el millor sortiria publicat a *Ratvogue*.

Havien d'elegir un tema concret i fer unes fotografies ben originals! Colette estava entusiasmada i va començar a fer preguntes a les seves amigues:

—Quina llum creieu que és la millor per fer

unes fotografies ben suggeridores? La clara del **MATÍ** o la daurada de la tarda?

—Ah, doncs... —va provar de dir Paulina.

—Tens raó —la va tallar Colette—, abans que en la llum hem de **PENSAR** en l'estil de la roba: esportiva o elegant?

Aquesta vegada va ser Violet qui va provar de respondre:

—Jo **CREC** que...

Però Colette tampoc la va deixar acabar de **PAR-LAR**:

—Però què estic dient? Abans que en els vestits, hem d'elegir una bona ambientació!

Paulina, Violet, Nicky i Pamela es van intercanviar una MIRADA divertida: només feia deu minuts que Rebeca Rattel els havia anunciat la prova, però Colette ja s'havia llançat a crear el seu projecte!

—Cocó! —va exclamar Nicky, que es va aturar a mirar als ulls la seva amiga—. Ja sabem que aquest reportatge és molt important per a tu, però tens temps de sobres per REFLEXIONAR amb calma i elegir el tema.

—Ja ho sé! —va assentir Colette, nerviosa—. Però ara tinc la possibilitat de provar de fer la feina dels meus somnis... i vull fer un bon reportatge!

—Un *bon* reportatge? —va repetir Pamela—. Faràs un reportatge GENIAL! N'estic totalment segura!

Animada per la confiança que li tenien les seves estimades amigues, Colette se'n va anar corrents a la seva habitació per posar fil a l'agulla.

PRIMER de tot, va llegir els utilíssims APUNTS que havia pres durant el curs de Rebeca Rattel, després va fullejar els seus números preferits de RATVOGUE a la recerca d'inspiració... fins que va trobar la idea adequada. Llavors, armada amb fulls i LLAPIS de colors, Colette va redactar un projecte detallat del REPORTATGE que tenia pensat i va anar a ensenyar-lo a les seves amigues.

—Si els agrada tant com a mi —es deia la noia mentre recorria el llarg passadís—, m'hi posaré ara MATEEEIX!

Colette anava tan embalada que va girar una

cantonada sense **MIRAR** i va xocar amb Bianca.

—**PERDONA, BIANCA!** —va exclamar Colette.

—No passa res! —va replicar la noia, ajupint-se per recollir els fulls que havien sortit **VOLANT** de les mans de Colette.

Mentre entregava el **PROJECTE** a l'estudiant, li va cridar l'atenció el títol que hi havia a la primera pàgina:

—*Princesa moderna?* De què va? —li va preguntar Bianca, encuriosida.

—És la meva **IDEA** per a la prova de fi de curs... He triat aquest tema perquè estic con-

vençuda que totes les noies tenim alguna cosa que ens fa ser tan especials com una princesa... i al meu reportatge m'agradaria mostrar els VESTITS adequats per ressaltar el caràcter de cadascuna de nosaltres!

—Has tingut una gran idea! —va dir Bianca—. I saps què? Ja tinc pensada la model perfecta per al teu reportatge...

—De debò? —va dir Colette amb els ulls esbatanats—. Qui és? La conec?

Bianca va somriure:

—No solament la coneixes, sinó que la tens al DAVANT!

MODAooo AL CÀMPING!

Colette no era l'única de les Tea Sisters que es volia estrenar en la realització d'un reportatge fotogràfic de **moda**.

Nicky i Paulina també buscaven una idea per a la prova del curs de Rebeca Rattel...

—Seria tan bonic que se'ns acudís una idea ben ORIGINAL... —va dir Nicky, estirada al llit de bocaterrosa.

—Sí! Ens faria falta una cosa **INSÒLITA**... i que parlés dels nostres gustos! —va dir Paulina, que llegia al seu PORTÀTIL la versió digital de *Ratvogue*.

Les dues noies rumiaven en silenci la manera de fer un bon reportatge de moda que les DESCRIVIS.

En aquell moment, un sorollet les va distreure dels seus pensaments, i a la pantalla de l'ordinador de Paulina va aparèixer la imatge d'una carta: li havia arribat un correu electrònic!

—Ens ha escrit Penny! —va exclamar Paulina, obrint el CORREU ELECTRÒNIC que acabava de rebre. Penny era una noia que Nicky i Paulina havien conegut l'estiu passat, durant una acampada, i que ara els enviava unes quantes fotografies de les VACANCES que havien viscut juntes.

Mentre miraven aquelles imatges plenes de RECORDS, les noies van trobar la idea que buscaven.

Muntant la tenda de campanya!

Cantant a la posta del sol... Que bonic! Us en recordeu?

Una excursió al bosc esgotadora, però inoblidable!

—I si dediquéssim el nostre **reportatge** a la roba que ens posem per anar de càmping? —va proposar Nicky.

—Oi tant! I el podem titular... **MODA AL CÀMPING!** —va dir Paulina—. La moda no és només la que es veu a les passarel·les. I no m'imagino cap escenari **MILLOR** que un càmping en plena natura!

Però les dues noies necessitaven uns models adequats per fer el paper de **campistes**.

La solució va arribar de seguida: així que Nicky i Paulina van explicar als seus **amics** el projecte que tenien pensat, Violet, Craig, Shen i uns altres companys es van oferir a fer-los de models.

A Pam, que es va unir al grup després de passar-se la tarda revisant el motor del seu **TOT TERRENY**, li va entusiasmar la idea:

—Seré la noia per a tot tant de vosaltres com de Colette! —va dir, tota **orgullosa**.

Paulina li va fer una abraçada exclamant:
—**GRÀCIES, PAM!** Tal com ens ha explicat Rebeca, els reportatges de moda no solament els fan els periodistes, els fotògrafs i les models, sinó també els tècnics que s'encarreguen del plató, dels llums, dels **EFECTES ESPECIALS**...

—I els que porten el menjar! —la va interrompre Pamela—. Amb una encarregada de PLATÓ com jo us ben prometo que, a més de botes, texans i samarretes, no hi faltaran en cap moment les... **PIZZES!**

VAINILLA PREPARA L'ATAC!

Després del ridícul que havia fet davant de **Rebeca Rattel** el primer dia de classe, Vainilla es va prometre que **demostraria** a la directora de *Ratvogue* que era l'estudiant més **EXPERTA** en moda de tota la universitat i que era l'única que es mereixia el títol de *Fashion Queen*, és a dir: *Reina de la moda*! I la millor manera d'aconseguir-ho era presentar un TREBALL DE FINAL DE CURS que deixés tothom bocabadat!

Per això, així que va saber en què consistia el treball, la noia es va tancar a la seva habitació per rumiar la millor **ESTRATÈGIA** per aconseguir el seu objectiu... a la seva manera, és clar!

—D'acord, moltíssimes gràcies, mare, fins després! —va dir Vainilla, i va penjar el **TELÈFON**.

Després, es va dirigir a Connie, Zoe i Alícia:—La meva mare em diu que no passi ànsia, que ara mateix és en una *boutique* d'**alta costura**, seleccionant personalment uns **VESTITS** esplèndids que faran que els de les Tea Sisters semblin parracs!

—*Ah, l'alta costura! Quina meravella!* —va dir Alícia, sospirant—. Em moro de ganes de posar-me'ls i veure les fotografies!

Vainilla la va fulminar amb la MIRADA:

—Què et fa pensar que te'ls posaràs?

—És que... —va dir Zoe, tímidament—, Nicky i Paulina han demanat als seus amics que posin per a elles, per això hem pensat que tu també ens faries servir de models...

—A mi no m'interessa gens el que facin Nicky i Paulina! Jo penso en Colette, que comptarà amb una TOP MODEL!

—va esbufegar Vainilla—. I aquí l'única que pot competir en bellesa i elegància amb Bianca sóc jo!

Un sobtat TOC-TOC a la porta va interrompre la discussió.

—Deu ser Patrick! —va exclamar Vainilla, que es va AFANYAR a obrir immediatament la porta.

—Té visita, senyoreta —va dir Alan, fent passar un rosegador molt *elegant*.

—Patrick! Gràcies per venir! —va exclamar Vainilla donant la benvinguda al jove.

—Ja saps que faria **QUALSEVOL COSA** per la filla de la meva estimada amiga Víssia! —va replicar el rosegador, amablement.

—Noies, us presento *Patrick* —va dir a les seves companyes—. És un dels fotògrafs més famosos del món de la moda... i el que farà les FOTO-GRAFIES del meu reportatge!

—Ja tinc ganes de posar-m'hi! —va dir el rosegador, amb EN-TUSIASME.

—Perfecte! —va replicar Vainilla—. Amb la teva ajuda, segur que el meu treball serà el millor de tots! Però, primer de tot, t'has de **CANVIAR** de roba.

—Vols que em canviï?! —va preguntar Patrick, perplex.

—Exacte! —li va respondre Vainilla. I, dirigint-se a Alan, va afegir:— Dóna el teu uniforme a Patrick i ja te'n pots anar de **VACANCES!**

—**Què dius?!** —va exclamar el fotògraf, molt sorprès—. Vols que em posi un vestit de MAJORDOM?!

Vainilla va afirmar, decidida:

—És clar! Rebeca Rattel ha de pensar que les fotografies les han fet els seus alumnes, no un **PROFESSIONAL!** Per tant, a qualsevol persona que t'ho pregunti, li has de respondre que ets el meu nou majordom i que m'ajudes a col·locar els focus.

Enfurismat, Patrick va replicar:

—Ho sento, em nego en rodó a fer una cosa com aquesta!

QUÈ DIUS?!
COM?

—Que no has dit que faries qualsevol cosa per la filla de la teva estimada amiga Víssia? —el va tallar Vainilla.

—JO... JO... —va balbucejar Patrick, vacil·lant.

Després va fer un sospir i va seguir Alan, RESIGNAT a fer l'insòlit paper de majordom de Vainilla...

Petits detalls essencials!

Mentre Vainilla estudiava el seu **PLA** per enredar Rebeca Rattel, les Tea Sisters es dedicaven a realitzar els seus reportatges de moda: *Princesa moderna* i **MODA AL CÀMPING**.

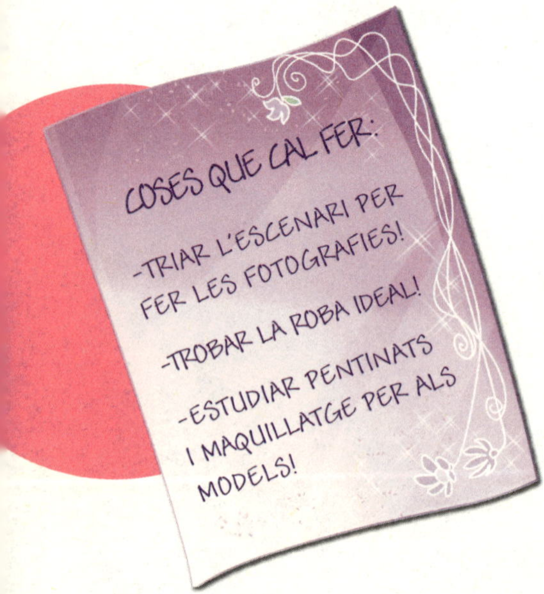

Primer de tot, les noies havien redactat una LLISTA de coses que calia tenir a punt abans de fer les FOTOGRAFIES. Tal com havia dit Pam, trobar la idea adequada era el punt de partida, com la

FARINA per a la pizza, però després calia afegir-hi molts més ingredients per «cuinar» un reportatge fotogràfic amb tots els ets i uts!

Primer de tot calia TROBAR els escenaris adequats per ambientar-hi les fotografies.

La recerca de Colette va ser la més breu! Mentre pujava amb les altres al TOT TERRENY de Pam, va treure el mirallet de la bossa i hi va veure la torre de la universitat reflectida: era el marc *perfecte* per a una princesa!

Nicky i Paulina també van trobar la localització ideal: una preciosa CLARIANA al Bosc dels Rossinyols!

Després va arribar el moment de dedicar-se a un altre aspecte IMPORTANTÍSSIM en un reportatge de moda: els vestits!

I el millor lloc per buscar models únics i originals era... un MERCAT D'ARTICLES DE SEGONA MÀ! Allà, Colette hi va trobar uns vestits divins que convertirien Bianca en una Princesa perfecta!

Paulina i Nicky hi van trobar material d'acampada, i també cintes i randes per donar un

toc FEMENÍ a la roba esportiva dels seus models.

Ara només calia escollir el pentinat i el maquillatge per a les fotografies. Aquell vespre, Colette va reunir les Tea Sisters a la seva habitació i els va demostrar el seu TALENT a l'hora de crear pentinats, fent servir Violet i Nicky de models.

—OSTRES! —va exclamar Pamela, que mirava com les seves amigues, de broma, feien una desfilada per l'habitació—. Cocó, ets genial!

—A Violet li he fet un monyo i un maquillatge senzill però lluminós. I fixeu-vos que, a Nicky, li he fet unes trenes decorades amb unes cintes de seda que li donen un toc d'estil! —va SOMRIURE Colette.

—Visca! —la va aplaudir Paulina. Després va fer un badall i, mirant l'hora, va exclamar:— Però si és tardíssim! Ja és hora d'anar a DORMIR!

QUIN ESTIL!
HE, HE, HE

VISCA, COCÓ!

—Tens raó! Bianca també m'ho va dir: per a les models és essencial un SON reparador, perquè han de tenir un aspecte descansat! Vaig corrents a l'habitació a DESMAQUILLAR-ME... —va dir Violet, fent l'ullet a les seves amigues mentre els desitjava BONA NIT.

ACAMPADA... AMB UN IMPREVIST!

L'endemà, al Bosc dels Rossinyols, Nicky i Paulina feien els últims retocs al **PLATÓ** del reportatge fotogràfic *Moda al càmping*. Bianca i Colette s'havien reunit amb les seves amigues per ajudar-les a **ENLLESTIR-HO** tot.

—Els vostres models ja estan a punt! —els van anunciar.

—**ESTEU PERFECTES!** —va dir Paulina, admirant Violet, Elly, Tanja, Vik, Ron, Shen i Craig amb roba de **CAMPISTES** a l'última moda—. Podem començar la sessió?

—SÍÍÍÍÍÍÍÍ!!!! —van respondre tots alhora, mentre es col·locaven en una posa esportiva.

Però, així que Nicky va preparar la càmera fotogràfica, la llum que fins aquell moment havia il·luminat la clariana va DESAPARÈIXER.

—Ei, però què pass... —va preguntar Paulina, que no va poder acabar la frase perquè la va interrompre un tro ESTREPITÓS, seguit d'un xàfec impressionant!

—Déu n'hi do, quin temporal! —va exclamar Pamela—. Quina mala sort!

—De pressa! Anem a refugiar-nos allà! —va cridar Bianca, assenyalant una caseta que hi havia a la vora.

Tots van córrer per aixoplugar-s'hi.

—QUINA LLÀSTIMA! —es va lamentar Nicky—. I ara què fem?

—No ens desanimem —va dir Paulina—. L'equip no s'ha MULLAT perquè l'hem guardat a temps i, quan pari de ploure, tornarem a muntar el plató i farem les fotografies!

Però a mesura que PASSAVEN els minuts van tenir clar que la pluja no amainaria de seguida, al contrari... cada vegada plovia amb més força i la clariana s'havia convertit en un immens BASSAL de fang!

—Em sembla que ja ens podem acomiadar del nostre reportatge fotogràfic... —va dir Nicky, sospirant, mentre mirava per la finestra el prat XOP d'aigua.

—Sí —va dir Paulina, molt resignada—. Vaig a donar la notícia als altres.

Paulina es va allunyar de la **FINESTRA**, decebuda, però el que va veure quan es va girar la va deixar sense paraules.

Mentre ESPERAVEN que parés de ploure, tota la colla d'amics s'havia assegut damunt de les catifes de la caseta, i fins i tot havien trobat uns JOCS de saló per passar l'estona!

—Nicky... —va dir Paulina—. Te'n recordes, del que ens va passar l'estiu passat, quan vam muntar el PÍCNIC amb Penny?

—Oi tant! —va respondre la noia—. Quan ja arribàvem al prat que havíem triat, va caure una pedregada i ens vam haver de refugiar a la cabana de les EINES del guarda forestal... i vam fer el pícnic allà dins!

—I va ser divertidíssim! —va afegir Paulina—. Perquè en l'aventura en plena NATURA hi ha dies que la pluja amenaça d'engegar-ho tot en orris, però amb una mica d'ENGINY pots trobar maneres alternatives de divertir-te!

HE, HE, HE!
PERFECTE!

Nicky va copsar al vol el que pensava la seva amiga i es va afanyar a agafar la càmera FOTOGRÀFICA, disposada a IMPROVISAR un reportatge titulat *Moda al càmping... amb un imprevist!*

Bianca també ho va aprofitar per fer unes quantes fotografies i la tarda va passar com un llamp.

Atxum! Atxum! Atxum!

—**Ha estat un dia extraràtic!** —va exclamar Pamela, ficant-se sota la càlida manta a la seva habitació de la Universitat de Ratford.

—Sí! —va assentir Colette, mentre es posava **CREMA** hidratant a la cara—. I el més interessant ha estat que Nicky i Paulina no s'han desanimat gens i han pogut **FER** el seu reportatge!

Estirades als seus llits, Colette i Pamela feien petar la xerrada, comentant les anècdotes del dia, tal com feien des que eren companyes d'habitació: era la seva manera de desitjar-se **bona nit!**

—Però ara hem de pensar en tu, Cocó! Demà

li toca a la teva *Princesa moderna!* —va exclamar Pam adreçant-se a la seva amiga.

—Estic molt emocionada, ja saps que m'encantaria arribar a ser una periodista de moda tan **FAMOSA** com Rebeca Rattel! —va dir Colette amb una expressió somiadora. I després va afegir:— En fi, bona nit, Pam...

La noia va apagar el **LLUM** esperant la res-

posta que li donava Pam cada nit, i que no va trigar a arribar.

—Bona nit, Cocó. *Que tinguis uns somnis ben bonics!* —va contestar la seva amiga, mig adormida.

En la foscor de l'habitació, Colette va SOMRIURE: era el desig més simpàtic que havia sentit mai, i tenia la **bona sort** de tenir una companya d'habitació que l'hi desitjava cada nit!

L'endemà, però, Colette va tenir un despertar turbulent.

RRRRRR! RRRRRR!

La vibració del mòbil que tenia a la tauleta de nit la va sobresaltar: era un missatge de **Bianca!**

Amb compte de no despertar Pamela, Colette

es va vestir i es va esmunyir fora de l'habitació. Va **RECÓRRER** a pas lleuger el passadís de la universitat i va trucar fluixet a la porta de la model.

—**ATXUM! ATXUM! ATXUM!**

Precedida d'aquell reguitzell d'esternuts, Bianca va aparèixer amb pijama i una mala cara **TREMENDA!**

—Bianca! —va exclamar Colette, preocupada—. Que no et trobes bé?

Bianca es va **MOCAR** el nas:

—No. Tinc un refredat terrible i a més tinc **FEBRE!**

—Devies agafar fred amb la pluja d'ahir! —va dir Colette.

Bianca la va tranquil·litzar:

—No és greu! Però haurem de resoldre un

problema URGENT: tal com estic no puc posar per al teu reportatge!

—Ah, bé —va replicar Colette—, no et preocupis per això, ja m'espavil...

—És clar que... atxum... em preocupo... atxum...! —va continuar dient Bianca entre un esternut i l'altre—. Rebeca espera el teu treball... però em penso que ja he trobat una SOLUCIÓ!

La model va agafar el portàtil i va ensenyar a Colette les FOTOGRAFIES que havia fet el dia abans.

—El meu somni és convertir-me en una fotògrafa professional —va explicar Bianca—. Per això ahir vaig fer unes quantes provatures... I quan vaig MIRAR com m'havien quedat em van sorprendre molt les fotografies en què surt la teva amiga Pam. Fixa-t'hi! —va dir, ENSENYANT-LI unes imatges en les quals sortia la noia.

—Tens raó, Pam és molt FOTOGÈNICA!

—va exclamar Colette, sorpresa—. Fins i tot vestida amb roba esportiva sempre queda increïblement **bonica!** Tu creus que li hauria de demanar que **posi** per al meu reportatge?

—Oi tant! —va afirmar Bianca, molt segura—. Ja ho veuràs, serà una *Princesa moderna* perfecta!

CRITS D'ALEGRIA I... XISCLES DE RÀBIA!

Quan es va DESPERTAR i va veure que el llit de Colette estava buit, Pamela va pensar que la seva amiga ja era al plató i es va afanyar a posar-se un xandall per reunir-s'hi.

Però, quan va obrir la porta per SORTIR, es va trobar cara a cara amb Colette, que li va fer la proposta més estranya del món: substituir Bianca en el reportatge fotogràfic de la *Princesa moderna!*

—Vols dir, Cocó?! —va preguntar Pam, mirant les FOTOGRAFIES que li ensenyava la seva estimada amiga—. Jo em veig... normalíssima!

—Per això! Tan normal que ets... esplèndida! —va replicar Colette—. I no tenies idea que t'estaven fotografiant!

Pam va negar amb el cap:

—GRÀCIES pels elogis, Cocó, però no crec que estigui a l'altura: com vols que jo, que sóc un cavallot, substitueixi una model com Bianca que sap moure's amb elegància i està acostumada a posar-se vestits d'alta costura?

Però llavors Pam es va interrompre per reflexionar. Colette s'havia llançat en aquell PROJECTE amb passió i no podia permetre que les seves reserves engeguessin en orris el treball d'una de les seves millors amigues!

—D'acord, Cocó, ho faré! —va dir Pam d'una tirada.

Colette va fer un petit xiscle d'alegria, abraçant la seva amiga:

—Visca! Gràcies, Pam! Gràcies, gràcies, gràcies! Estic segura que juntes

farem un reportatge fantàstic!!!

Mentre a l'habitació de les dues amigues se sentien crits d'alegria, a la de Vainilla, en canvi, hi RESSONAVEN xiscles furiosos...

Vainilla de Vissen, malcriada com ella sola, ESCRIDASSAVA Patrick per enèsima vegada.

Ara es queixava que les fotografies que havia fet aquell fotògraf tan FAMÓS no ressaltaven prou la seva bellesa.

—Vés-te'n! —bramava Vainilla—. Vés-te'n i no tornis fins que no em portis unes FO-

TOGRAFIES que deixin a tothom bocabadat!

Mentre empenyia Patrick fora de l'habitació, Vainilla va TOPAR amb Violet, Paulina i Nicky, que es dirigien al plató fotogràfic de Colette.

En veure les Tea Sisters, la noia va tenir por que l'haguessin sentit i es va quedar garratibada: si es DESCOBRIA que Patrick era un fotògraf professional, el seu pla se n'aniria en orris!

—Bon dia, noies! —va dir, aparentant tranquil·litat—. Ja coneixeu Patrick? Serà el meu MAJORDOM suplent mentre Alan estigui de vacances. Ara l'acompanyava a fer un tomb per la universitat, perquè sàpiga on és la bugaderia, perquè m'haurà de planxar els vestits cada matí!

En sentir les paraules «bugaderia» i «planxar», Patrick va fulminar Vainilla amb la MIRADA.

Però la noia va fer com aquell qui res, va **INDICAR** el camí al rosegador i se'l va emportar passadís enllà, **LLUNY** d'ulls i orelles indiscrets.

—El suplent d'Alan? —va murmurar Paulina, mirant com s'ALLUNYAVEN—. Doncs jo diria que aquest noi el conec d'alguna cosa...

Una model inesperada...

Després de topar amb Vainilla i el seu nou MAJORDOM, Violet, Nicky i Paulina van anar al plató del reportatge convençudes que es trobarien Bianca posant davant de l'OBJECTIU.

Però quan van arribar a la torre més alta de la Universitat de Ratford, no hi havia ni rastre de la *model*. Colette va explicar a les seves amigues que Bianca tenia un **REFREDAT** molt fort i, al final, els va revelar el nom de la seva suplent.

—Pam?! N'estàs segura?! I l'has pogut convèncer?! —li va preguntar Violet, **incrèdula**.

—Sí! —va exclamar Colette—. Primer em

feia POR que em digués que no. Però al final s'hi ha avingut!

En aquell moment, el so d'unes passes que provenien de l'escala d'accés a la torre va cridar l'atenció de les noies.

Les amigues es van girar a MIRAR i totes van fer uns ulls com unes taronges: Pam se'ls acostava amb un meravellós VESTIT llarg de color vermell robí amb brodats daurats.

—Pam, estàs estupenda! —va exclamar Paulina.

—De debò? —va dir Pam, posant-se vermella—. Jo em sento una mica... rara!

—Doncs ets una princesa perfecta, creu-me! —va confirmar Colette.

Animada pels elogis de les seves amigues, Pam es va col·locar davant de l'objectiu! Ja des de les primeres fotografies Colette va confirmar allò que li havia dit Bianca: Pam era una model fotogràfica ideal, dotada d'una elegància innata.

QUIN ESTIL!
PERFECTA!

MOLT BE, PAM!

Així que van acabar, Colette i les seves amigues es van afanyar a descarregar les fotografies que acabaven de fer, impacients per admirar-ne el resultat...

—Ja veuràs com Rebeca Rattel es quedarà sense paraules, Cocó! —va dir alegrement Violet, mentre anava passant les FOTOGRAFIES del reportatge.

—Moltes gràcies... —va dir Colette, posant-se VERMELLA. Després, va mirar Pam i va afegir:— Tot el mèrit és de Pam, que sembla una model professional!

Les Tea Sisters es van quedar una estona juntes per celebrar l'èxit del reportatge fotogràfic de Colette.

Però Colette es va adonar que Pam mirava les fotografies que protagonitzava amb el front ARRUGAT.

Quan es va quedar sola amb la seva companya d'habitació, va fer el COR FORT i li va plantejar la pregunta: si hi havia alguna cosa

que no li agradava, l'hi havia de dir per poder-ho **SOLUCIONAR!**

—Que no, Cocó, tot va bé, de debò! —la va tranquil·litzar Pam, arraulida al seu llit.

Però Colette sabia que la intuïció no l'enganyava i va insistir:

—Mmm... La conec **MASSA BÉ** aquesta mirada. És la que fas quan s'acaba la PIZZA al menjador o et preocupa alguna cosa. I com que ara la cosa no va de pizzes...

Pam va fer un somriure una mica TRIST:

—D'acord, ho confesso! El problema són les meves fotografies... Ja sé que a vosaltres us semblen precioses, però jo no m'hi reconec, perquè jo... NO SÓC AIXÍ!

Pamela va explicar a Colette que, tot i que ella confiava en l'opinió de les seves amigues, la noia sofisticada de les FOTOGRAFIES no era l'autèntica Pam, que només portava botes militars i s'estimava més empastifar-se les mans de greix de MOTORS que d'ombra d'ulls!

—Però no et deixaré penjada! —va assegurar Pamela—. Ho has fet SUPERBÉ i et mereixes que publiquin el teu reportatge a **RATVOGUE!**

—Sí, però... —va provar de replicar Colette.

—Res de peròs! —la va tallar Pam—. Demà a primera hora entregaràs el treball i punt. **M'ho promets?**

Colette va assentir fluixet, pensativa, mentre

les dues AMIGUES es ficaven als seus llits per dormir.

—Perfecte! —va dir Pam, somrient. I després d'apagar el llum va afegir:— Bona nit, Cocó. *Que tinguis uns somnis ben bonics!*

Però Colette, amb la mirada fixa al sostre fosc, sabia de sobres que aquella NIT la son trigaria molt a arribar...

Una segona oportunitat

Colette no parava de **regirar-se** al llit, rumiant què era el més correcte. Podia deixar de banda els **sentiments** de Pam i entregar el reportatge?

Però, què passaria si **ELEGIEN** les seves fotografies com les millors? Llavors les publicarien a *Ratvogue* i milions de lectors veurien aquelles imatges que **AVERGONYIEN** la seva amiga.

—No, no ho puc fer! —va murmurar Colette en l'habitació a les fosques.

I, convençuda d'haver pres la decisió correcta, per fi es va adormir.

L'endemà al **MATÍ**, Colette va anar a la sala de professors per parlar amb Rebeca Rattel.

—Colette! —va exclamar la **periodista**—. Em demanava quan m'entregaries el treball, tinc moltes ganes de veure'l.

Colette es va empassar la saliva: no volia decebre la directora de *Ratvogue*, però en aquell cas... *no tenia elecció!*

—És per això que he vingut... —va dir, al final—. Ho sento, però no et podré entregar el treball.

—COM DIUS?! —va exclamar Rebeca, molt sorpresa.

Colette no va tenir temps de replicar perquè, just en aquell moment, Bianca va entrar a la sala.

—Bon dia a tothom! —va SALUDAR alegrement la model, que tornava a estar en plena forma.

Quan va veure Colette, la va felicitar:

—M'he TROBAT amb Nicky fa un moment i m'ha dit que el teu reportatge fotogràfic és EXCEPCIONAL!

—Que estrany! —va replicar Rebeca, MOLESTA—, perquè a mi m'acaba de dir que no m'entregarà el treball...

Llavors Bianca, molt desconcertada, va mirar l'estudiant:

—Però... No pot ser!

ES VEU QUE NO LI ACABA DE FER EL PES!
NO POT SER!

—Sí que pot ser! —va respondre Rebeca—. Es veu que no li acaba de FER EL PES!

Bianca va negar amb el cap:

—No m'ho crec. Segur que hi ha d'haver una altra EXPLICACIÓ!

Llavors, es va dirigir a Colette i li va dir:

—Sé que t'hi has ESFORÇAT molt per fer aquest treball. Explica'ns què ha passat.

Animada per la presència de Bianca, Colette va explicar el motiu de la seva decisió:

—Em sap greu, però Pamela és una de les meves millors amigues i no vull que ho passi malament per culpa meva.

Rebeca Rattel es va quedar en silenci una estona.

—Mira, Colette —va dir, al final—, m'has emocionat. No he conegut gaires ASPIRANTS a periodistes que estiguin disposats a posar l'amistat per davant de la possibilitat de publicar un article. Però el fet és que no has ENTREGAT el treball, i això és molt greu.

Colette va abaixar la mirada, **AVERGONYIDA**, però quan estava a punt de marxar, **Rebeca Rattel** va tornar a parlar:

—Demà al matí vull un altre **REPORTATGE** damunt del meu escriptori —va dir la periodista, esbossant un somriure.

Una idea senzilla

En sortir de la sala de professors, Colette va anar a buscar les seves amigues.

Quan va veure a la llunyania Violet, Nicky i Paulina assegudes plàcidament en un banc del jardí de la Universitat de Ratford, s'hi va acostar CORRENTS.

—Noies! —va exclamar Colette—. No us ho creureu... En realitat, a mi també em costa CREURE-M'HO!

—Tranquil·la, Cocó, seu aquí i explica'ns-ho tot de bon començament —va dir Paulina, encuriosida.

Amb la veu TREMOLOSA per l'emoció, Colette els va explicar els dubtes de Pam, la seva decisió de no entregar el reportatge fotogrà-

NOIES!

fic i, per acabar, la segona oportunitat que li acabava de concedir Rebeca Rattel!

—Déu n'hi do! Veig que no t'has AVORRIT gaire durant les últimes hores! —va comentar Nicky, en to de broma.

—No —va afegir Paulina—, i em sembla que tampoc s'avorrirà gaire durant les pròximes!

—Tens raó... —va admetre Colette, preocupada—. Vaig dedicar molt de temps a preparar el reportatge de la *Princesa moderna*, i ara només tinc un dia... Partint de zero! No me'n sortiré!

—No et posis nerviosa... —li va dir Violet—. És veritat, no tens gaire temps, però **nosaltres et farem costat!**

—Ben dit! —va exclamar Nicky—. I segur que Pam també ens donarà un cop de mà!

Però en comptes d'animar-la, les paraules de Nicky la van **DESMORALITZAR** encara més.

—Oh, no, Pam! —va dir, gairebé amb LLÀGRIMES als ulls—. Segur que se sentirà culpable quan sàpiga que no he entregat el reportatge amb les seves FOTOGRAFIES.

—Cocó, no pateixis per Pam —la va calmar Paulina—. Comprendrà que ho has fet perquè valores molt la vostra amistat i no volies que passés un TRÀNGOL!

—És clar —va afegir Violet—. I no et PREOCUPIS pel reportatge! Ja t'hem dit que pots comptar amb nosaltres!

Nicky va assentir:

—Com que tenim tan poc temps, hem de buscar una IDEA senzilla i que sigui fàcil de realitzar...

Paulina va mirar Colette als ULLS:

—Nicky té raó... pensa en alguna cosa que faci especial el teu dia a dia i parteix d'això.

Colette va rumiar un instant. Després, mentre s'eixugava els ulls humits amb un mocador rosa, va dedicar a la seva estimada amiga un gran SOMRIURE que valia més que mil paraules. Ja sabia què havia de fer!

COMPANYES D'HABITACIÓ!

Colette va fer cap a la Universitat de Ratford, tota decidida.

—Ara prou de xerrar. Hem d'enllestir un reportatge FOTOGRÀFIC!

—Ei! —la va cridar Nicky, que li corria al darrere amb Paulina i Violet—. Es pot saber on ANEM?

Sense aturar-se, Colette li va respondre:

—A la meva habitació, hem de parlar amb Pam!

Però en el mateix moment que Colette BUSCAVA Pamela, aquesta també la BUSCAVA... i totes dues es van trobar davant de la porta de la seva habitació.

—Cocó! On t'havies ficat?! —va exclamar

Pamela, en veure la seva amiga. I després, allargant-li la carpeta amb les fotografies de Princesa moderna, va afegir:— T'has descuidat les fotografies!

Colette va agafar la carpeta i la va deixar damunt de l'escriptori:

—Gràcies, però aquestes ja no serveixen. He decidit fer-ne unes altres.

—Ja m'ho pensava! T'has deixat condicionar pel que et vaig dir ahir! —va dir Pamela, disgustada—. **Jo no volia que**...

—Tu ets molt més important que un treball! —la va tallar Colette—. Però, ja que Rebeca Rattel m'ha **CONCEDIT** un dia més, m'hauràs de donar un cop de mà.

—És clar, Cocó! —va afirmar Pamela—. Digue'm què he de fer i ho faré!

Colette va SOMRIURE:

—Nicky, Paulina i Violet m'han aconsellat que rumiés què fa que la meva vida sigui especial... i no en tinc cap dubte: el que fa que la meva vida sigui ESPECIAL és tenir una companya d'habitació tan excepcional

com tu! Ara tria els teus vestits preferits i... ens **TROBEM** al plató!

Al cap de cinc minuts, al plató, Colette va fer moltíssimes fotografies. Després, va passar la càmera a Violet, que en va fer unes quantes més amb les dues amigues juntes.

Aquell vespre, Colette va fer una selecció del material i va ficar les fotografies en què estaven juntes en una carpeta titulada **companyes d'habitació**: eren unes imatges que parlaven de moda, però que, sobretot, relataven la vida de dues noies amb estils molt oposats però unides per l'**AFECTE** que sentien l'una per l'altra.

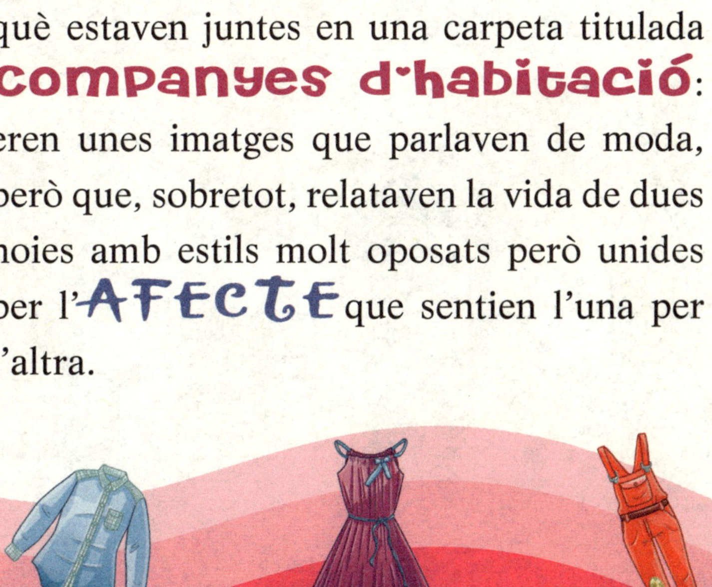

companyes d'habitació

17.00 H
UNA ESCAPADA AL POBLE
PER ANAR DE COMPRES!

22.00 H
BONA NIT...
AMB ALEGRIA!

Un fotògraf fugitiu!

—Mi-te'l! Ja deia jo que Patrick em sonava d'alguna cosa! —va exclamar Paulina, mentre **AMPLIAVA** una imatge a la pantalla del seu ordinador.

El dia que van conèixer el rosegador que Vainilla els va presentar com el seu majordom suplent, la noia va pensar de seguida: «Aquesta cara m'és familiar!».

Paulina tenia la **sensació** que ja l'havia vist, però no en persona sinó en una foto d'alguna revista.

Va començar fent una recerca al web de **RATVOGUE** i, amb una mica de paciència, va trobar la fotografia d'una ***DESFILADA***: entre els rosegadors asseguts a primera fila, hi destacava el que ara es feia passar pel suplent d'Alan!

Paulina en va llegir el PEU que acompanyava la imatge: «*Entre els admiradors d'aquestes creacions també hi ha el famós fotògraf de moda Patrick...*».

«Vainilla torna a fer trampa, per VARIAR!», va pensar Paulina, indignada. «Li aniré a dir quatre coses, a aquest MAJORDOM de pega!». Mentre recorria els

passadissos de la universitat rumiant la manera de convèncer l'impostor perquè CONFESSÉS, Paulina va topar justament amb Patrick... que ja no duia uniforme i, per les maletes que carregava, semblava que *tocava el dos!*

Vainilla havia obligat el pobre fotògraf a fer centenars de FOTOGRAFIES, però cap ni una havia satisfet els gustos de la capritxosíssima De Vissen! Patrick estava tan EXASPERAT que havia decidit fugir d'amagat de l'Illa de les Balenes!

Quan Paulina estava a punt de dirigir-li la paraula, la va interrompre una VEUETA ESTRIDENT que cridava des del fons del passadís:

—Patrick! Ets aquí?!

Era Vainilla!

Immediatament, el FOTÒGRAF va fer cara de preocupació i va córrer a amagar-se en una cantonada del passadís.

—Ah, ets tu! —va dir Vainilla quan es va trobar Paulina al davant—. Que has vist el meu MAJORDOM, per casualitat?

De reüll, Paulina va mirar darrere de la cantonada on s'havia refugiat Patrick.

La noia va veure l'expressió DESMORALITZADA del rosegador i va pensar que potser no caldria DENUNCIAR Vainilla a Rebeca. Per culpa del seu mal caràcter, la jove De Vissen havia aconseguit FER FUGIR Patrick tota sola!

Pel que feia al fotògraf... Possiblement la PRÒXIMA VEGADA s'ho pensaria molt

i molt abans de convertir-se en còmplice d'una nena MALCRIADA!

I, per això, Paulina va dir una mentideta a fi de bé. Va somriure a Vainilla i, assenyalant en la DIRECCIÓ oposada al lloc on s'amagava Patrick, li va dir:

—Se n'ha anat cap allà!

I EL MILLOR TREBALL ÉS...

Rebeca Rattel, amb l'ajuda de Bianca, donava l'últim cop d'ull als treballs de FINAL DE CURS en una aula plena de gom a gom.

Tots els alumnes, des dels que havien ideat els reportatges fotogràfics als que hi havien participat com a **models** o fotògrafs, esperaven contenint la **RESPIRACIÓ** el moment de saber quin sortiria publicat a **RATVOGUE**. Tots, tret de Vainilla de Vissen!

Quan va descobrir que Patrick havia fugit emportant-se totes les FOTOGRAFIES que li havia fet, la noia va exigir que Alan tornés CORRENTS de les seves vacances per fer-li unes altres fotografies... amb uns resultats tan DESASTROSOS que Vainilla va renunciar a entregar el treball!

—Bé —va dir finalment Rebeca Rattel—. He estudiat amb ATENCIÓ els vostres treballs i us felicito per l'esforç i la CURA que els hi heu dedicat. Però, entre tots els reportatges fotogràfics que he estudiat, n'hi ha UNS QUANTS que m'han impressionat especialment, perquè no solament mostren uns vestits preciosos, sinó que també narren històries plenes de valors importants, com ara l'amistat...

—Bingo! —va murmurar Pamela, estrenyent la mà de Colette que seia al seu costat i esperava que proclamessin el MILLOR reportatge fotogràfic amb els ULLS tancats.

L'espera no va ser gaire llarga.

Al cap d'uns instants, Rebeca Rattel va anunciar amb un somriure SATISFET:

—El reportatge fotogràfic que es publicarà és... **Companyes d'habitació!** L'enhorabona a Colette... i Pamela!

EL SEGON DIJOUS DEL MES...

A l'escriptori de l'habitació de Colette tot estava a punt: CINC gots de llet ben grossos i CINC talls de pastís.

Però aquell dia no hi havia ni fulls ni QUADERNS d'apunts, perquè era un segon dijous del mes diferent dels altres. Aquell dia arribaven els exemplars de *Ratvogue* amb el reportatge FOTOGRÀFIC de Colette!

Per celebrar-ho, la noia havia decidit que no volia llegir la revista tota sola, com de costum, sinó en companyia de les seves amigues.

Colette no era l'única que esperava el **CARTER**, aquell dijous, sinó que li feien costat totes les Tea Sisters!

—QUINA EMOCIÓ! —va exclamar Colette quan va posar les mans damunt de la revista—. Mirem les nostres fotografies!

—Un moment! —va dir Nicky—. Abans tenim un regal per a la nostra **periodista** i la nostra model preferides.

—És extraràtica!!! —va exclamar Pam quan va desembolicar el paquet.

Contenia una **FOTOGRAFIA** de Colette i d'ella immortalitzades durant un descans del reportatge, mentre carregaven piles fent un **MOS** a base de pizza!

—GRÀCIES, NOIES! —va exclamar Colette, abraçant les seves amigues—. Un vestit bonic pot fer sentir una noia com una *princesa*... però només unes amigues tan bones com vosaltres la faran sentir com una REINA!

Sou les amigues més especials del món!

ÍNDEX

Aventures a Ratford

Llegir és una aventura emocionant!

Marca els llibres de la teva col·lecció!

- 1 L'amor entra en escena a Ratford!
- 2 El diari secret de Colette
- 3 Les Tea Sisters en perill!
- 4 Duel a ritme de dansa
- 5 El projecte supersecret!
- 6 Cinc amigues i un musical
- 7 El camí de l'èxit
- 8 Qui s'amaga a Ratford?
- 9 Una misteriosa carta d'amor
- 10 Un somni sobre gel per a Colette
- 11 Una aventura de pel·lícula
- 12 Top model per un dia
- 13 Salvem les tortugues
- 14 El club de les poetesses

15 La recepta de l'amistat

16 El gran ball amb el príncep

17 El fantasma de Castell Falcó

18 Totes podem ser campiones

19 Més que amigues... germanes!

20 Un casament de somni

21 SOS! Cadells

22 El concert del cor

23 Mil fotos per a una top model

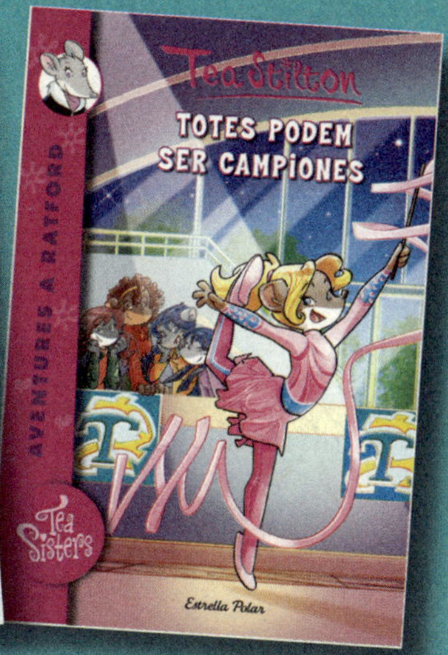

1
2
3
4
5
6
7
8
9
10
11
12
13
14
15
16
17
18
19
20
21
22
ILLA de les
BALENES

L'ILLA de les BALENES

1. Observatori Astronòmic
2. Penya-segats de les Gavines
3. Platja dels Bacallans
4. Clínica Veterinària Cadells Feliços
5. Fonda de Marian
6. Mont Costerut
7. Pic del Falcó
8. Platja de les Tortugues
9. Riu de la Cassoleta
10. Bosc dels Falcons
11. Universitat de Ratford
12. Gruta del Vent
13. Centre de Vela
14. Acadèmia de la Moda
15. Esculls dels Flamencs
16. Bosc dels Rossinyols
17. Biblioteca Municipal
18. Port
19. Vil·la Marea: laboratori de biologia marina
20. Instal·lacions fotovoltaiques per a l'energia solar
21. Badia de les Papallones
22. Escull del Far

RATFORD
1
2
3
4
5
6

7
8
9
10
11
12
13
14
UNIVERSITAT de RATFORD
1. Camps esportius
2. Allotjament dels estudiants
3. Club d'estudiants
4. Jardí
5. Torre del Nord
6. Redacció del diari
7. Despatx del rector
8. Sala de les festes
9. Torre del Sud
10. Jardí de les plantes aromàtiques
11. Menjador
12. Biblioteca
13. Aula Magna
14. Entrada

Preparades per començar el viatge?
Us esperen moltes noves aventures!